Certo!
Isso mesmo!

A Tamia ainda é muito pequena.

Eu?
Pequena?

Sou pequena?

Pequena? Você? Você é menor que pequena! Você é pequenininha!

Sou minúscula?

Minúscula? Você?
Você é microscópica!

Sou microscópica?

**Microscópica? Você?
Você é grande!**

Grande? Você? Você
é muito grande!

Sou muito grande?

Muito grande? Você?
Você é enorme!

Eu sou enorme?

Espera um pouco... Eu já entendi! Eu sou tudo...

...e se eu sou tudo, eu também sou: na medida certa!

More books by Philipp Winterberg

Egbert turns red

Yellow moments and
a friendly dragon...

Print-it-yourself eBook (PDF) Free!

DOWNLOAD » www.philipp-winterberg.com

In here, out there!

Is Joseph a Noseph or some-
thing else entirely?

INFO» www.philipp-winterberg.com

Fifteen Feet of Time

A short bedtime story
about a little snail...

PDF eBook Free!

DOWNLOAD » www.philipp-winterberg.com